I0684000

RÉCEPTION

DE

M. ROYER-COLLARD,

À L'ACADÉMIE FRANÇAISE.

LYON,

IMPRIMERIE DE BRUNET, RUE MERCIÈRE, N° 44,

1827.

(EXTRAIT DU JOURNAL DES DÉBATS DU 15 NOVEMBRE 1827.)

RÉCEPTION

DE

M. ROYER-COLLARD,

A L'ACADÉMIE FRANÇAISE.

Jamais , et nous parlons avec une exactitude rigoureuse, jamais assemblée plus nombreuse et plus brillante n'avait rendu un hommage aussi éclatant à l'illustration personnelle et littéraire d'un récipiendaire académique. L'ouverture de la séance ne devait avoir lieu qu'à deux heures. Long-temps avant midi, la presque totalité de l'enceinte centrale était occupée; sur les bancs réservés au public siégeaient une foule de dames qui se faisaient remarquer par la noble et élégante simplicité de leur toilette ; auprès d'elles se groupaient presque toutes les hautes notabilités de la politique et de la littérature ; d'anciens pairs de France , des députés récemment sortis de la Chambre élective, et qui sont près d'y rentrer avec gloire; de jeunes élèves des muses et des écoles s'intéressant avec le dévouement de la reconnaissance aux honneurs de celui qui les guida pendant plusieurs années dans les études philosophiques, et qui, placé à la tête de l'éducation, se montra constamment leur maître, leur ami, leur protecteur et leur modèle. A une heure, les tribunes ont été ouvertes, et peu de minutes ont suffi pour les remplir d'une foule empressée qui, depuis le matin, en assiégeait les portes, et dont une température froide et pluvieuse n'avait pu fatiguer la patience. Enfin, le bureau lui-même et toutes les places environnantes ont été envahis. Quelques usurpations ont eu lieu jusque sur les banquettes des membres de l'Institut; et c'était bien des usurpations, car, cette fois du moins, la presque universalité des académiciens français était à son poste. Néanmoins, les regards ont cherché inutilement parmi eux le plus illustre de nos écrivains. Son absence avait malheureusement une excuse trop légitime. Personnellement indisposé, les soins d'une santé plus précieuse à ses yeux que la sienne, le retenaient auprès de son épouse.

Les membres des trois autres classes de l'Institut s'étaient imposé le devoir de s'associer, dans cette circonstance solennelle, à leurs collègues de l'Académie française. Les sciences, l'érudition et les arts s'étaient donné la main pour payer par ce concours volontaire un tribut d'estime à l'homme qui n'est étranger à aucun de leurs secrets ou de leurs opérations, et qui, par l'étendue de son esprit, embrasse les innombrables branches des connaissances humaines. C'est ainsi qu'à côté de M. Portal et de M. Gros, et en face de M. Raynouard, de M. Villemain, de M. Andrieux, de M. Casimir Delavigne, etc., on distinguait M. le prince de Talleyrand, sous l'honorable et modeste costume de l'Institut. C'était la fête de toutes les célébrités et de tous les talens.

Il ne restait plus une seule place disponible. Le bureau de l'Académie Française a eu l'attention délicate d'avancer d'un quart d'heure le moment de l'ouverture de la séance. Il est juste de tenir compte de ces égards pour le public, et d'en consacrer le souvenir. A une heure moins un quart. M. Daru, faisant les fonctions de directeur, M. Lava celles de chancelier, et M. Auger, secrétaire perpétuel, sont entrés, entourés de plusieurs académiciens, et précédés du récipiendaire. A peine l'assemblée avait reconnu M. Royer-Collard, que des applaudissemens unanimes et prolongés à plusieurs reprises l'ont accompagné jusqu'à sa place, et ont redoublé lorsque, sur l'invitation de M. le président, il s'est levé pour prendre la parole.

L'attitude calme et tranquille de l'orateur, ce front sillonné bien moins par l'âge que par l'habitude des profondes méditations, le souvenir des succès obtenus à une tribune plus imposante et plus sévère, la pensée de ceux qu'une émulation généreuse et en quelque sorte nationale va le mettre à même d'obtenir encore, tout inspirait en ce moment dans l'assemblée un respect religieux ; tout commandait l'attention et le silence. Le silence s'est établi.

La plupart des nouveaux académiciens commencent par protester de leur indignité littéraire et par se confondre en actes d'humilité sur l'honneur inespéré qu'ils ont reçu de leur agrégation à la première Compagnie littéraire de la France. Ce sont des formules obligées, et qui, à force d'être répétées, ne passent plus que pour un lieu commun, et dont on ferait grâce volontiers à l'orateur si l'on ne se ménageait quelquefois le malin plaisir de le prendre au mot. Au premier coup d'œil, l'exorde de M. Royer-Collard a quelque ressemblance avec l'exorde de ses prédécesseurs, et cependant, quand on l'a écouté tout entier, on s'aperçoit qu'il en diffère essentiellement. La déclaration du nouvel académicien sur l'absence de ses titres littéraires, a tout le caractère de la franchise et de la conviction la plus intime.

« Aucune composition, dit-il, aucune branche de littérature, cultivée avec quelque succès, n'ont attiré sur moi vos regards. Jusqu'à ces derniers temps, ma vie, étrangère à vos travaux, s'est écoulée loin de votre commerce, stérilement consumée dans les agitations de nos troubles, ou cachée dans la retraite. Quelques efforts tentés dans l'ombre des écoles, pour ranimer les études philosophiques, ne sont pas venus jusqu'à vous. »

Cet aveu dicté, si l'on veut, par une excessive modestie, l'est toutefois dans un sens par la vérité. C'est en effet l'éloquence de la tribune plus que la littérature, proprement dite, qui a désigné M. Royer-Collard au choix de l'Académie ; et ici l'orateur, incapable de dissimulation, même lorsqu'il parle de lui, fait sentir admirablement combien, dans l'état actuel de la société, il a été juste de décerner à l'éloquence politique les honneurs qui n'ont jamais été refusés à l'éloquence sacrée, qui ont été accordés quelquefois à l'éloquence du barreau. Voici comment M. Royer-Collard a développé ce noble sentiment, considéré comme principe ; mais en refusant, avec une réserve pleine de convenance, de s'en faire à lui-même l'application.

« Du sein de la littérature, de ce monde intellectuel où l'Académie réside, elle a jeté les yeux autour d'elle, et elle a vu qu'à travers une profonde révolution sociale, la délibération publique étant devenue la loi de notre gouvernement, la tribune s'est élevée au milieu de la France attentive, et la parole a présidé aux affaires...... Dans ce noble champ ouvert à la parole, nous voyons, nous, les triomphes de la justice et de la liberté, lents peut-être et laborieux, mais assurés ; il vous appartient, à vous, Messieurs, d'y voir aussi les travaux de l'éloquence. Tandis que nous célébrons dans notre Charte immortelle la restauration de la dignité nationale, le gage inviolable de la concorde et de la félicité publique, vous, Messieurs, il vous appartient d'y découvrir un progrès de la raison, un exercice viril de nos plus hautes facultés, et par conséquent, un accroissement de la littérature..... J'ai besoin de le dire devant vous, et je suis sûr d'exprimer votre propre sentiment, si je ne suis pas tout-à-fait indigne d'un tel honneur, c'est parce que je n'y ai point aspiré comme à un prix qui se remporterait dans les combats de la tribune ; c'est parce qu'il ne m'a pas distrait un instant de la seule ambition qui doive animer le

loyal député, celle de servir le Roi et la France. Ce témoignage que j'ose me rendre est en ce moment le sou-
lagement de ma faiblesse, et il relève aussi, Messieurs,
la dignité de vos suffrages : il ne s'agit plus de moi ; quelque imparfaits que soient mes titres, il vous a plu d'y
voir, par une indulgente fiction, ceux de la tribune française ; et, en m'adoptant, c'est avec elle que vous con-
tractez, au nom des lettres, une solennelle alliance. »

De ce principe qui fait aujourd'hui de l'éloquence de
la tribune une partie importante et indivisible de la littérature, M. Royer-Collard tire la conséquence évidente
que la liberté est de l'essence des lettres, et parcou-
rant rapidement leurs diverses branches, il démontre
par des exemples empruntés à toutes les époques et à
tous les genres, que, privée des sucs nourriciers de la
liberté, la littérature languit desséchée dans sa racine,
et ne peut porter que des fruits insipides.

» Entre les circonstances qui sont le plus favorables à
la littérature, la liberté politique doit sans doute être
comptée au premier rang. Est-ce seulement, Messieurs,
parce que la tribune ajoute à la littérature un nouveau
genre d'éloquence ? Sa puissance va bien plus loin. Il y
a dans la liberté, vous le savez, un profond et beau sentiment, d'où jaillissent comme de leur source naturelle
les grandes pensées....

« Sans sortir de notre belle littérature, le sentiment
de la liberté a-t-il manqué à ceux qui en furent les pères,
et qui en sont encore les maîtres ? à Descartes, quand il
affranchissait à jamais la raison de l'autorité ? à Corneille,
quand il étalait si pompeusement sur notre scène nais-
sante, avec la fierté des maîtres du Monde, leur politique et leurs passions républicaines ? à Pascal, quand il
vengeait si vivement la morale et le bon sens contre de
puissans adversaires ? Les saints droits de l'humanité
étaient-ils ignorés de Racine, ou parlaient-ils faiblement
à son âme généreuse, quand, par la bouche sacrée d'un
pontife, il dictait à un enfant-roi ces sublimes leçons, que
les meilleures institutions ne surpasseront pas ! Et si la

chaire est la gloire immortelle des lettres françaises : n'est-ce pas aussi parce que l'orateur sacré est soutenu, élevé, par l'autorité de son ministère, et que, pour l'inspiration, l'autorité est la même chose que la liberté? Mais voici peut-être, Messieurs, l'exemple le plus frappant de la force prodigieuse de cette sympathie entre la liberté et les lettres ; c'est qu'elle a triomphé de votre fondateur. Cet esprit superbe, mais qui comprenait tout, a vu qu'en vain il destinait l'Académie à l'immortalité, s'il ne lui donnait la liberté. De la main de Richelieu, vous avez reçu, comme les privilèges nécessaires des lettres, *l'élection* et *l'égalité*. La nation en jouit aujourd'hui ; mais, par la seule nature des choses, vous en avez joui avant elle. »

Le nom du cardinal de Richelieu est toujours prononcé dans les discours de réception à une Académie dont il eut la gloire ou l'orgueil de se proclamer le fondateur. C'est peut-être la première fois qu'on l'a loué comme ayant donné la liberté pour base à l'une de ses institutions. C'est cependant un fait attesté par les formes mêmes de de l'organisation académique. Il y a dans l'observation de ce fait singulier autant de sagacité que de justesse d'esprit.

Par une transition ingénieuse, l'auteur arrive à l'éloge de M. de Laplace, son prédécesseur. En rendant hommage aux deux grands siècles de notre littérature, l'orateur annonce avec confiance que celle du dix-neuvième siècle doit avoir des attributs particuliers et un caractère spécial.

« Le dix-neuvième siècle ne luttera pas contre le dix-septième, ni le dix-huitième, cela est impossible ; mais il aura sa physionomie propre et ses œuvres. Nous l'avons vu s'ouvrir par deux grandes compositions d'un genre bien différent, mais également neuves : le *Génie du Christianisme* et l'*Exposition du Système du Monde*. L'auteur du premier de ces ouvrages jouit heureusement de sa gloire, qui s'accroît sans cesse ; l'auteur du second, dans la maturité de la sienne, a été enlevé aux sciences, aux lettres, à l'Académie, au Monde ; et je suis appelé aujourd'hui à payer à sa mémoire un hommage qui restera bien au-dessous de sa renommée et de vos regrets. »

M. Royer-Collard explique avec une clarté qui a frappé tous ses auditeurs, les rapports constans et les liens secrets qui, dans M. de Laplace, faisaient de l'écrivain, du philosophe et du géomètre un tout *indécomposable*, mot abstrait et créé avec art pour rendre une idée qui n'avait pas jusqu'ici d'analogue dans le vocabulaire français. Il fait voir comment en profitant des découvertes de Newton, et en perfectionnant les méthodes de Descartes et de Leibnitz, il a ajouté tout ce qui manquait à la connaissance du véritable système du Monde, et rectifié par la puissance de son génie les irrégularités que Newton croyait avoir aperçues dans l'Univers. Nous ne suivrons pas M. Royer-Collard dans cette savante et lumineuse analyse ; mais nous ne pouvons nous refuser au plaisir de faire connaître la belle péroraison de son discours.

« Les sciences ont été l'affaire de toute sa vie, et la seule passion qui l'ait agitée. Il voyait dans leur progrès celui des lumières générales, et dans ces lumières la garantie du bonheur public, garantie, hélas ! insuffisante, et qui a trop souvent besoin, nous l'avons vu, qu'un peu de vertu vienne à son aide contre les passions ennemies de l'ordre et de la liberté. Mais la science géométrique de l'univers diffère de la science morale de l'homme ; celle-ci a d'autres principes, plus mystérieux et plus compliqués, devant lesquels la géométrie s'arrête. La vive préoccupation de M. de Laplace en faveur de ses hautes études sera son excuse, s'il en a besoin, d'avoir traversé silencieusement nos bons et nos mauvais jours, sans enthousiasmes et sans colère, et comme supérieur à nos espérances et à nos craintes. Sa pensée confiante en appelait des erreurs du grand nombre et des fautes d'un seul à la civilisation éclairée de notre âge, et il se persuadait que l'éclairer de plus en plus et de jour en jour, c'était payer noblement sa dette à l'humanité. La Révolution l'avait épargné ou ignoré ; l'Empire qui vivait de gloire, ne pouvait manquer de se parer de la sienne. Enfin le jour de la restauration ayant lui sur la France, M. de Laplace est allé de plein droit s'asseoir à la Chambre des Pairs, entre les illustrations les plus éclatantes de tous les genres et de tous les temps.

» Pour moi, dit en terminant M. Royer-collard, à la distance où j'étais de M. de Laplace, ce que je puis seulement témoigner avec tous les spectateurs, c'est qu'à travers sa gloire, il nous apparaissait simple, modeste, désintéressé de tout ce qui n'était pas la découverte d'une vérité nouvelle, supérieur enfin aux titres et aux honneurs, que son nom rehaussait, qu'il n'avait point recherchés, et qui ne pouvaient rien pour lui. Tel il a joui long-temps du respect public et de l'affection des siens. Une mort paisible a terminé cette belle vie, et ses derniers regards ont vu les sciences et les lettres florissantes sous le sceptre protecteur d'un Roi qui, héritier des sentimens, populaires de sa race, se plaît naturellement dans ce qui élève la nation à laquelle il commande. Son noble cœur a répondu à nos vœux; ses flottes victorieuses affranchissent les mers classiques de la Grèce, une gloire pure couronne nos armes, la religion respire, l'humanité est vengée, et l'Académie Française rend grâce à Charles X de ce que, sous son égide, la patrie des lettres sort enfin du tombeau, et s'en va renaître à la civilisation, qui est la vie des peuples. »

S'il étoit possible d'oublier ces discours éloquens dont la tribune législative gardera éternellement la mémoire, le discours dont nous n'avons pu donner qu'une idée imparfaite serait plus que suffisant pour justifier l'admission de M. Royer-Collard à l'Académie. On concevra facilement avec quel enthousiasme ont été accueillis, et les morceaux qu'on vient de lire, et ceux que l'impression va faire connaître dans toute la France. Quand l'orateur s'est assis, les regards se fixaient sur lui avec l'expression de la gratitude et de l'espérance. Les applaudissemens ont repris avec une nouvelle vivacité; et ce n'est qu'au bout de quelques minutes que M. le comte Daru a pris à son tour la parole, pour répondre. Sûre qu'elle allait avoir un digne inrerprète de ses sentimens , l'assemblée a prêté une oreille attentive, et M. le directeur est enfin parvenu à se faire entendre.

Jamais orateur n'est mieux entré dans son sujet : « En parlant de votre admission parmi nous , vous avez *oublié* de dire que vous y avez été appelé d'un suffrage una- nime.... Telle est, je ne dirai pas l'élévation de vos talens, mais la noblesse de votre caractère , que nous avons mis tous quelque vanité à montrer que nous étions faits pour l'apprécier. » Une louange aussi juste et aussi délicate- ment exprimée a provoqué un assentiment universel , et abordant immédiatement l'éloge de M. de Laplace , M. le comte Daru l'a fait précéder d'un compliment ingénieux et flatteur pour M. Royer-Collard. « Nous avions à rem- placer sur notre liste un nom véritablement illustre; rappeler ce que fut votre prédécesseur, c'est dire com- bien on estime ce que vous êtes. »

Ici M. Daru parcourt, ainsi que l'avait fait M. Royer- Collard, mais sous des rapports plus étendus, la carrière scientifique de M. de Laplace, et arrive à des détails do- mestiques, qui tirent de leur simplicité même un charme et un intérêt auquel les auditeurs ne pouvaient pas être insensibles.

« Cette maison habitée par un sage, et dont l'amabilité personnifiée faisait les honneurs, avec cette grâce qui n'appartient qu'aux qualités solides et à l'esprit le plus dé- licat; cette maison, dis-je, ces jardins d'Arcueil, où nous avons vu si souvent les Lagrange, les Monge, les Ber- thollet, les Humboldt, les Montyon, et tant d'autres que je ne nomme pas, parce qu'ils m'entendent, rappelaient ces bois d'Athènes où les pères de la philosophie se commu- niquaient leurs lumières et le sujet de leurs méditations. L'affabilité de l'accueil produisait d'abord un moment d'il- lusion ; on éprouvait involontairement quelque vanité de se voir admis en présence de tant de gloire : mais lorsque la réflexion avertissait que l'on se trouvait au milieu de ce petit nombre d'hommes qui présidaient aux progrès de l'intelligence; lorsqu'on y voyait arriver successivement tout ce que l'Europe savante a de plus illustre, la vanité faisait place à un autre sentiment : on écoutait en silence ces esprits supérieurs ; et telle était la clarté de leurs idées, la simplicité de leur élocution, que ceux-là même qui n'étaient pas initiés croyaient quelquefois les entendre. »

M. Daru revient au récipiendaire, et rappelle une des époques les plus marquantes de la vie publique de M. Royer-Collard, lorsqu'en qualité de chef de l'Université, il présida dans la salle actuelle de l'Académie, à la distribution des prix du Concours général.

« Tout le monde se souvient de vous avoir vu dans cette même enceinte distribuer des couronnes aux jeunes talens qui s'étaient formés par vos soins, et de vous avoir entendu leur dire : « Puissiez-vous ne rien oublier de ce qui vous a été enseigné ! » Allusion touchante aux sages maximes si nécessaires dans nos temps d'orages, et que vous aviez recommandé de leur inculquer. Puissent les maximes ne pas changer comme les hommes ! Quand on voit sur la liste de ceux qui, avec M. de Fontanes et vous, ont coopéré à l'administration de l'instruction publique, des noms que l'Europe nous envie, l'illustre historien de Fénélon, les Delambre, les Silvestre de Sacy, les Cuvier, à quels perfectionnemens ne serait-on pas en droit de s'attendre ? surtout lorsqu'on vous a entendu dire : « Non, » il n'est plus permis de le craindre ; la France, secourue » par son Roi, ne verra point l'instruction publique se » rétrécir et s'abaisser. »

« Vous avez su, Monsieur, quitter cette place importante, aussi noblement que vous l'aviez occupée ; mais vous êtes du petit nombre de ceux à qui la perte d'une place ne fait qu'ouvrir une nouvelle carrière de gloire. »

La fermeté de caractère, la fixité des principes, et le courage civil beaucoup plus rare et non moins admirable que le courage militaire, sont des qualités si généralement reconnues chez M. Royer-Collard, qu'elles ne pouvaient point échapper à son équitable panégyriste.

« Accoutumé, par vos études philosophiques, à faire entrer les erreurs des autres dans vos calculs, vous avez exercé les forces de votre âme, comme celles de votre esprit, et votre courage s'est trouvé préparé aux épreuves qui l'attendaient. Vainement les circonstances ont été diverses et les temps difficiles : ni votre raison, ni par conséquent votre fermeté, n'en ont été ébranlées. Les périls, la faveur, les disgrâces, l'inconstance des systèmes, les prévenances des partis rivaux, les acclamations de la multitude, rien n'a pu obtenir de vous la moindre concession.

» C'est par là que vous vous êtes formé une opinion qui est la vôtre. Vous n'appartenez qu'à la justice et à la vérité. Mais vous avez voulu leur appartenir exclusivement, sans réserve. Personne n'a eu le droit de vous compter dans un parti ; tout le monde, quand la cause a été juste, a été sûr de trouver en vous un défenseur. Par une suite de cet esprit philosophique qui aime à tout généraliser, vous vous êtes attaché aux principes plutôt qu'aux hommes, et de là ce caractère de force et de gravité qui distingue plus particulièrement votre éloquence. »

S'élevant ensuite à des considérations générales, M. le comte Daru termine à peu près en ces termes :

« Les lettres, dans un ordre supérieur, rendent les mêmes services que l'imprimerie avec ses moyens matériels. Ce qui aurait été pénible à lire, ce que les intelligences communes n'auraient pu s'approprier que difficilement, ce qui serait resté renfermé dans un petit nombre d'initiés, elles le divulguent, le mettent à la portée de tous, le popularisent ; ce sont elles qui, en les revêtant d'une forme heureuse, font le succès des vérités utiles, des grandes pensées.

» C'est là ce qui fait la dignité des lettres, et ce qui explique le soin que les vrais savans prennent de les cultiver. Voilà pourquoi l'Académie française se plaît à honorer les savans ; voilà ce qu'une nation policée ne dédaignera jamais. Eh ! ne voyons-nous pas ses acclamations accueillir ceux dont elle admire les talens, et dont elle embrasse la cause ? Eh ! qui pourrait en rendre témoignage mieux que vous, Monsieur, qui, en descendant de la tribune, avez si souvent entendu ce murmure flatteur dû à l'orateur éloquent, et surtout à l'homme de bien ?

» Puisse-t-elle se consolider cette sainte alliance du talent et de la vertu, pour la défense des droits qui font la dignité de l'espèce humaine, pour la défense du trône, qui est lui-même une garantie de ces droits ! »

M. le directeur annonce ensuite en peu de mots que le Roi vient d'accorder à l'Institut un buste de M. de Laplace : « Ainsi, ajoute-t-il, l'image de l'homme illustre que nous avons perdu décorera cette bibliothèque, dont ses ouvrages formeront toujours un des principaux ornemens. »

Un style à la fois noble et facile, des sentimens nobles, de l'effusion dans la louange, de la délicatesse dans les formes dont il a su l'envelopper, voilà ce qui a valu à M. le comte Daru un succès auquel il doit être accoutumé, mais qui est d'autant plus glorieux aujourd'hui, que la concurrence le rendait plus difficile.

M. Laya a lu quelques fragmens de sa tragédie d'*Athènes sauvée*. Il y a de belles pensées et des vers bien frappés dans ces fragmens ; mais il est difficile que des morceaux détachés d'un drame, dont le sujet n'est connu que par des souvenirs historiques, produisent sur une assemblée le même effet que l'ensemble, soutenu de l'illusion théâtrale, produirait à la scène. L'ouvrage de M. Laya subira avant peu l'épreuve de la représentation. C'est alors qu'il sera permis de le juger en connaissance de cause.